Coleção Aventuras Grandiosas

Jack London

O CHAMADO DA SELVA

Adaptação de Rodrigo Espinosa Cabral

2ª edição

EDITORA RIDEEL
Quem tem Rideel tem mais.

Capítulo 1

RUMO AO PRIMITIVO

Se Buck soubesse ler, tudo teria sido diferente para ele. Se lesse os jornais, Buck saberia que estava indo para um local onde a vida era muito difícil para cães como ele, grandes e peludos, vindos da costa do Pacífico nos Estados Unidos. Tudo porque uns sujeitos ambiciosos haviam encontrado um metal amarelo no meio do gelo do Ártico. Tudo porque haviam espalhado aos quatro ventos essa notícia, que levou milhares de outros homens até aquelas terras geladas, fazendo a fortuna de companhias de navegação e de transporte.

Buck vivia numa **ACONCHEGANTE** casa no vale de Santa Clara, sul do estado da Califórnia. Era um local ensolarado, amplo, cheio de árvores e **VINHEDOS**. A casa pertencia ao juiz Miller e ficava longe da estrada. Na frente havia uma varanda bem **AREJADA** e nos fundos um estábulo onde doze empregados tratavam dos cavalos do juiz. Havia também um imenso e cheiroso pomar, tomado de frutas deliciosas, de acordo com a estação do ano, e um tanque de cimento onde os filhos do juiz se banhavam no verão.

Nesse microparaíso vivia Buck. Aí ele havia nascido, filho de um são-bernardo suíço com um pastor fêmea da Escócia. Seu pai era o cão **SOBERANO** daqueles domínios e Buck herdara dele a realeza e a **SUPREMACIA** sobre os demais cães do sítio. Dois domésticos: Isabel, uma cadelinha mexicana; Toots, um cãozinho japonês e uns vinte fox terrier que viviam no canil.

Não se pode dizer que Buck fosse um cachorro doméstico e tampouco um cachorro de canil, ele parecia mais um membro da família. No verão, gostava de se banhar com as crianças na piscina. No inverno, deitava-se aos pés do juiz à beira da lareira e adorava acompanhar os meninos em caçadas e as meninas em passeios ao final da tarde. Impunha respeito aos fox terrier e era amigo dos cãezinhos da casa.

Já tinha quatro anos e vivia como um rei, o domínio **HEREDITÁRIO** que seu pai Elmo lhe deixara. Embora vivesse cercado de **MIMOS** e facilidades, pesava cerca de quarenta e cinco quilos. Se não fosse seu espírito ativo nas brincadeiras e caçadas,

- **ACONCHEGANTE**: confortável, cômoda
- **VINHEDO**: grande extensão de videiras
- **AREJADA**: ventilada, exposta ao ar
- **SOBERANO**: chefe de uma monarquia, rei
- **SUPREMACIA**: superioridade, hegemonia
- **HEREDITÁRIO**: que se transmite de pai para filho
- **MIMO**: delicadeza, agrado

seria um cão **OBESO**. Sua boa forma física, seu porte elegante, sua pelagem densa e a ganância do ser humano fizeram com que tudo mudasse em sua vida.

Em 1897 foram descobertas minas de ouro na gelada região de Klondike. Buck não sabia disso, assim como não sabia que Manuel, um dos empregados do sítio, tinha um **VÍCIO**: jogar na loteria. Como a maioria dos jogadores, Manuel perdia muito mais do que ganhava. Como seu salário de jardineiro mal dava para sustentar sua filharada, Manuel contraiu dívidas que o levaram a cometer uma traição memorável.

Era noite e o juiz havia ido a uma reunião na Associação dos Vinicultores. Assim, ninguém viu quando Manuel atravessou o pátio e o pomar com Buck. Manuel se dirigiu até a cerca dos fundos do terreno onde conversou com um homem que o aguardava. Para Buck aquele era apenas mais um passeio, mas, entre o homem e Manuel, Buck ouviu o **TILINTAR** de moedas.

— De onde eu venho as pessoas embrulham a mercadoria — disse o desconhecido.

Manuel enlaçou o pescoço de Buck e entregou a corda para o homem. Para Buck aquilo era estranho. Certamente, não era algo comum, mas o cão estava acostumado a confiar nos homens. Os homens pareciam ter uma sabedoria maior do que a dele, afinal. Por isso, deixou-se levar pelo homem. Porém quando este lhe apertou mais ainda a corda no pescoço, Buck rosnou para demonstrar seu desagrado. Então o homem torceu ao máximo a tira e Buck sentiu o ar lhe faltando nos pulmões. Buck tentou saltar sobre o homem, mas este já previa seu movimento e, quase esgoelando o cão, conseguiu dominá-lo.

Buck se debateu. Estava furioso. Como podia um estranho fazer aquilo com ele que era o rei do sítio? Mesmo asfixiado, tentou morder seu **CARRASCO**, até que um chute nos rins o fez parar. Nunca havia sido tão maltratado em sua vida e nunca havia estado tão furioso antes. O ar lhe faltava e a consciência também.

Quando acordou do desmaio, sentia a região dos rins dolorida e o pescoço pulsava. O chão balançava com solavancos frequentes e o barulho não deixava dúvidas: estava no vagão de carga de um trem. O juiz já o havia levado em alguns trens, mas, quando isso acontecia, ele era sempre muito bem tratado. Agora era diferente, ele estava sendo forçado. Estava sendo **RAPTADO**! Essa lembrança lhe encheu de cólera e Buck, de pronto, pôs-se de pé. O homem estava ali no vagão

- **OBESO**: muito gordo
- **VÍCIO**: falta de controle sobre algum costume
- **TILINTAR**: som de metais se batendo
- **CARRASCO**: sujeito cruel, desumano
- **RAPTADO**: quem é vítima de rapto

e tentou dominá-lo, mas Buck foi mais rápido e num golpe certeiro cravou seus caninos na mão do homem e não soltou até que, devido à série de golpes que recebeu, perdesse novamente os sentidos.

— Vou vender esse por cento e cinquenta dólares — disse o homem com a mão **EM FRANGALHOS**, enrolada em um lenço sujo.

— Só isso? — perguntou outro homem que viajava no mesmo vagão.

— Eu achei que era um bom negócio. Comprei o bicho por cem dólares, mas depois que ele ferrou a mão, acho que me dei mal.

— Eu não faria esse trabalho nem por mil dólares.

Mais tarde Buck acordou. Sua garganta estava muito inchada e sentia dores por todo o corpo. Quando viu seu raptor, a raiva lhe cobriu a alma e partiu para cima dele, sendo derrubado e ferido em cada uma das quatro tentativas. Até que o homem lhe retirou a corda e o colocou numa jaula de madeira. Buck tentou em vão transpor as grades e por fim, exausto, desistiu e resolveu descansar. Pensava, sem encontrar explicação, no porquê de aquele homem ter feito tanta maldade com ele. Por que estava trancado numa gaiola? Por que seguia num trem fedido? Para onde ia? Onde estava o juiz? O que estava acontecendo?

Por três vezes o vagão parou e por três vezes Buck pensou que as portas do comboio se abririam e ele veria o juiz ou um dos garotos para buscá-lo, mas teve que engolir o latido de amizade preso na garganta e trocá-lo por rosnados e latidos de raiva cada vez que via a cara gorda de seu raptor. Até que o vagão parou de novo. Já era dia e quatro homens carregaram a jaula. Buck sabia que eles não eram amigos, pois o ficavam provocando e **ATIÇANDO**. Esses homens colocaram a jaula em outro vagão e lá se foi Buck em outro trem, para outro lugar, com outras pessoas desconhecidas, sem que nenhuma delas lhe desse água ou comida.

Quando este segundo trem parou, Buck foi levado de carroça até o porto de uma cidade estranha. Lá outros homens o embarcaram num navio que o levou até um grande depósito da viação férrea. Já era noite quando outros carregadores o despacharam pelo trem **EXPRESSO**. Ao todo Buck viajou por dois dias e duas noites com fome e sede. A sede era uma inimiga cruel porque sua garganta estava muito machucada e seca. Tais privações lhe deixaram com febre e seus olhos ficaram vermelhos. A única coisa que lhe dava alegria era o fato de estar sem a corda no pescoço. Tinha prometido para si próprio que nunca mais deixaria alguém lhe colocar uma corda no pescoço.

Quando o trem chegou em Seattle, os funcionários deram graças a Deus, pois não aguentavam mais a brabeza, os latidos e os olhos demoníacos de Buck.

- **EM FRANGALHO:** arruinado, sem energia
- **ATIÇANDO:** irritando
- **EXPRESSO:** trem que não pára entre um destino e outro

Quatro homens carregaram sua jaula para o pátio da estação, onde um homem de suéter vermelho o esperava. O homem assinou um papel e, munido de um grande pedaço de pau, caminhou em direção a Buck. “Aí está o meu novo carrasco”, pensou o cão.

— Você vai tirar essa fera da jaula agora? — perguntou o funcionário do expresso.

— Mas é claro.

Espantados com tamanha determinação, os quatro empregados escalaram o alto muro da estação de trem e, lá de cima, prepararam-se para o espetáculo. O homem de vermelho abriu a porta e disse:

— Pode sair da jaula, seu diabo de olho vermelho!

Provocado pelo homem, Buck saiu correndo da jaula e saltou sobre ele, disposto a descontar todo o sofrimento que passara. Seu aspecto era realmente demoníaco com o pelo **ERIÇADO** e as presas de fora. Estava no ar, perto de abocanhar seu oponente, quando sentiu no **FLANCO** uma dor esmagadora. Sua musculatura travou, seus dentes se bateram e ele chegou a morder a própria língua antes de se **ESFACELAR** no chão frio do pátio da estação de trem de Seattle.

Era a primeira vez que entrava numa luta aberta contra um homem armado de porrete. E o homem com o suéter vermelho tinha uma grande experiência naquilo. Antes que pudesse se refazer o homem veio por cima e lhe aplicou um novo golpe, desta vez na outra lateral. Sem perder tempo, empurrado pela raiva, Buck saltou sobre ele e novamente foi castigado pelo sarrafo. Como a loucura é irmã da **IMPRUDÊNCIA**, por mais dez vezes Buck seguiu seu instinto e tentou agredir seu opositor, tendo levado dez golpes que o deixaram estonteado e cambaleante. De sua boca e de seu focinho e ouvidos saía sangue. Seu pelo também estava manchado com sangue.

Parecia que Buck ia se dar por vencido, mas o homem não quis esperar. Aproximou-se e sem dó desferiu uma forte pancada sobre o focinho de Buck. Tudo que o cão sofrera até então não era nada perto daquela dor **INCESSANTE**, que levou Buck a praticamente rugir como fazem os leões e, mesmo **DESNORTEADO**, partir para cima do seu agressor. Mas, se aproveitando do estado **DEPLORÁVEL**

- **ERIÇADO:** erguer, levantar
- **FLANCO:** lado, costelas
- **ESFACELAR:** arruinar, destruir
- **IMPRUDÊNCIA:** falta de cautela ou precaução
- **INCESSANTE:** contínuo, constante
- **DESNORTEADO:** tonto, desorientado
- **DEPLORÁVEL:** lamentável, lastimável

de Buck, o homem o golpeou novamente, desta vez atingindo a parte inferior da mandíbula. Buck **ACUSOU** o golpe e caiu sem sentidos no chão frio.

Os funcionários do trem se olharam emudecidos e, quietos, voltaram ao trabalho. Buck recuperou os sentidos, mas não as forças, alguns minutos depois. O homem de vermelho lia a carta que viera junto com o cão.

— Então seu nome é Buck. Muito bem. Tivemos nossa briga, porém acho melhor deixar isso no passado, não é mesmo? Se você for um cachorro obediente será meu amigo, senão eu vou ter que arrancar suas tripas — disse o homem enquanto acariciava a cabeça dolorida de Buck.

O homem então trouxe água e comida para Buck que, derrotado, não teve outra alternativa a não ser engolir seus últimos **RESQUÍCIOS** de rei e aceitar. Bebeu a água com **SOFREGUIDÃO** e depois comeu a ração. Aquela briga tinha lhe ensinado algumas lições que jamais esqueceria: nunca enfrentar um homem armado e nunca entrar numa briga achando ser superior ao adversário, descuidando-se assim da defesa.

Os dias foram passando e, enquanto se recuperava da **SOVA**, Buck ia testemunhando a chegada de outros cães. Uma parte mínima deles chegava de forma **DÓCIL**, mas a maioria tinha a mesma recepção. Chegavam furiosos e eram **AMANSADOS** a pauladas pelo homem do suéter vermelho. Aquele ritual brutal reafirmava para Buck que um homem armado deveria ser obedecido, não precisava ser amado, mas deveria ser respeitado. Alguns cães, após o espancamento, chegavam a **ADULAR** o carrasco, coisa que Buck sempre se negou a fazer. Por outro lado, Buck vira vários cães lutarem até o final contra o homem de vermelho, preferindo morrer livres do que se sujeitarem ao agressor.

Após a violência inicial, o homem dava abrigo e comida aos cães. Buck notou que muitas pessoas o procuravam, depois examinavam e escolhiam os animais. Buck viu como esses desconhecidos entregavam dinheiro ao homem e saíam de lá com um ou mais cães que nunca mais retornavam. “Para onde vão?”, pensava Buck, que não sabia ao certo se o melhor era ficar lá ou ser levado por outro desconhecido para mais um local estranho. Até que uns dois meses depois, um homem baixo e muito magro chamado Perrault deu trezentos dólares ao homem de suéter vermelho e saiu de lá com Buck.

- **ACUSOU:** aqui, no sentido de registrou, tomou consciência de
- **RESQUÍCIO:** vestígio, resto
- **SOFREGUIDÃO:** pressa, impaciência
- **SOVA:** surra, espancamento
- **DÓCIL:** mansa
- **AMANSADO:** domesticado, amestrado
- **ADULAR:** bajular, lisonjear

Perrault era funcionário do correio canadense e tinha ido até os Estados Unidos para comprar cães, uma vez que havia enorme **DEMANDA** por esses animais nas terras geladas do norte. Junto com Buck, Perrault também levou Cury, uma terra-nova brincalhona. Perrault era especialista em avaliar cães e, quando pôs os olhos em Buck, já sabia que se tratava de um cão genial.

Os dois animais foram conduzidos por seu novo dono até o porto onde encontraram François, um homem muito alto e muito forte, de pele escura. François era canadense e colega de trabalho de Perrault. Do porto seguiram para o norte. Durante a viagem, Buck dormiu muito. Quando estava desperto ficava ouvindo a hélice do motor do navio e sentia que a cada dia que passava o ar se tornava mais frio. Até que um dia a hélice parou. Homens começaram a carregar caixas. Buck e os outros cães no porão do navio estavam agitados. François o prendeu e o levou para o convés. Lá suas patas afundaram numa substância fria. Parecia lama, mas era muito branca. Buck a cheirou, parecia água. Então pôs a língua e engoliu um pouco. Sua boca ardeu e ele balançou a cabeça. Aquela coisa estava caindo do céu e se acumulando em seu pelo! Buck se sacudiu e ouviu risadas de outras pessoas no convés.

Teve um pouco de vergonha sem saber ao certo de quê. Era a primeira vez que ele via neve e alguma coisa lhe dizia que a sua vida nunca mais seria a mesma.

Capítulo 2

A LEI DA MORDIDA E DA PAULADA

Os primeiros dias de Buck na praia de Dyea não foram nem de perto parecidos com o que as pessoas chamam de férias. Aquela era uma terra selvagem, de homens selvagens e de cães selvagens. Rapidamente, Buck teve que mudar seus hábitos domésticos e se adaptar à nova realidade. Era isso ou morreria de fome, pauladas ou dentadas.

Na primeira refeição que fez naquela terra distante, Buck abocanhou uma porção de peixe. Não estava acostumado com aquela comida, mas a fome o fazia querê-la. O problema é que os outros cães também tinham fome e gostavam daquela ração. Então, enquanto Buck mastigava seu primeiro pedaço, num golpe rápido, Spitz levou sua ração. Spitz era forte e traiçoeiro. Como já estava com Perrault e François a alguns meses, já conhecia as regras do local. Enquanto Buck havia

❦ **DEMANDA:** procura

comido apenas uma porção, Sptiz já devorara a sua e, esfomeado, partira para a de Buck. François estava atento e desceu o chicote no cão **LARÁPIO**. "François é um cara justo", Buck pensou, "mas esse Spitz não é nada confiável".

A cena que mais chocou e mais ensinou Buck sobre como se comportar no norte selvagem foi algo triste e sofrido. Buck, Cury e os outros cães de François estavam acampados perto de um depósito de lenha, onde estavam também outros cães de outros donos. Com seu jeito **MEIGO**, Cury se aproximou de um daqueles cães magros que estavam por ali. Sua intenção era fazer amizade, mas o instinto do cão o impeliu ao ataque. Foi um salto ágil e certeiro. Ouviu-se o barulho dos dentes afundando no focinho de Cury. Com outro salto o cão voltou ao seu local de origem. Cury ficou gravemente ferida. Seu focinho sangrava muito, aberto dos olhos às mandíbulas.

Nunca tinha sido atacada antes nas terras do sul onde levava uma vida **PACATA**. Por sua ingenuidade, sofrera um ataque típico dos lobos: um ataque breve seguido de fuga. Para piorar a situação, cerca de trinta **CÃES-LOBOS** correram até o local e formaram um círculo em volta de Cury e de seu opositor. Era um círculo silencioso e mortal, onde sessenta olhos se fixavam nas duas criaturas colocadas no centro do ringue.

Buck ficou de fora, espantado pela rapidez com que o círculo se formou e com a forma como todos aqueles cães lambiam suas **QUEIXADAS**. Magoada, ferida e irritada, Cury partiu para o ataque a seu agressor, mas o cão era mais experiente e estava preparado. Desviou do golpe de Cury e mordeu seu peito, levando-a ao chão de onde ela tremia, sem conseguir se erguer. Era o sinal que os cães-lobos esperavam no círculo. Entre rosnados ferozes e latidos, eles se precipitaram sobre o corpo de Cury. O círculo se fechou e a **MATILHA** esfacelou a amiga de Buck.

Foi tudo muito rápido e inesperado. Buck nada pôde fazer a não ser odiar Spitz quando o viu rindo da morte de Cury com a boca aberta. François com muita coragem entrou de machado no meio do círculo, dispersando a cachorrada, e nisso foi ajudado por mais três homens com porretes. Levaram dois longos minutos para afastar os cães. Quando conseguiram, Cury estava estirada no piso frio, completamente despedaçada. Novamente Spitz riu da cena e Buck **AGARROU** um ódio mortal por ele. Aquela cena amarga fez parte dos pesadelos de Buck,

- LARÁPIO: ladrão
- MEIGO: terno, carinhoso
- PACATA: sossegada, tranquila
- CÃO-LOBO: mestiço de cão com lobo
- QUEIXADA: mandíbula
- MATILHA: grupo de cães
- AGARROU: aqui, no sentido de desenvolver, ficar com

perturbando seu sono por vários dias, e serviu de alerta para ele. Ali ele havia aprendido a lei da região, a lei da mordida e da paulada. A lei que diz que o primeiro a cair é **DILACERADO**.

Além de Buck e de Spitz havia mais sete cães na matilha destinada a levar o trenó dos correios para Dawson. Dave era um cão sossegado, adorava comer, dormir e bocejar, mas quando era levado até as correias do trenó se transformava num campeão incansável. Billee e Joe eram dois cães-lobo irmãos, sendo que Billee era fêmea e muito boazinha, enquanto seu irmão era azedo. Logo ficaram amigos de Buck. Sol-Lecks, o **IRASCÍVEL**, completava o grupo. Era um velho cão-lobo **ESGALGADO**. Tinha uma cicatriz no focinho e apenas um olho. Pike, Dub e Dolly foram trazidos por Perrault um dia antes de partirem. Pike era dissimulado e ladrão e Dub era bom e desastrado. Dolly era um cão-lobo forte e de bom temperamento.

No dia seguinte, François colocou Buck nas correias e o ensinou a puxar o trenó. Partiriam na manhã seguinte numa jornada longa, para uma aventura incrível, com outros cães, François, Perrault e uma carga de cartas destinada aos mineradores.

Antes mesmo de amanhecer, Perrault colocou os cães nas correias. Spitz era o primeiro; cabia a ele a tarefa de guiar os outros e de ditar o ritmo do trabalho. Buck fora colocado na segunda posição e atrás dele vinha Dave. Dessa forma, quando Buck errava a marcha, não puxava direito, esmorecia ou fazia algum movimento diferente do resto da matilha, Dave lhe mordia o rabo ou a virilha. Sptiz também rosnava com ele e esse curso intensivo fez com que, em um dia de marcha, Buck dominasse totalmente o ofício de cão de trabalho. O mais difícil foram as descidas, quando era preciso correr para escapar do trenó.

À noite, quando o trenó parou e os homens montaram acampamento, Buck estava faminto e cansadíssimo. Comeu sua ração com pressa e depois foi procurar um local para dormir. Mas só havia neve e gelo por toda a parte. Chegou a deitar sobre a neve, mas sentiu que morreria se insistisse naquilo. Então teve a ideia de procurar os outros cães, ver onde estavam. "Estariam na barraca?" Foi até lá. Estava quentinho, mas François e Perrault o expulsaram com xingões e panelas jogadas. Voltou para o frio, tinha o rabo entre as pernas. "Para onde foram todos?" Até que sua pata afundou em uma neve mais fofa e ele escutou um rosnado. Por instinto, Buck deu um passo para trás e viu a neve se mexer e dela apareceu a cabeça de Billee. Ela latiu para ele, dizendo que estava tudo bem e percebeu que ele estava com frio e que não sabia como se virar na neve. Então ela lambeu seu focinho e ca-

- **DILACERADO:** em pedaços
- **IRASCÍVEL:** irritável
- **ESGALGADO:** muito magro

vou uma pouco com as patas dianteiras, para mostrar ao novato como se construía um **LEITO**. Buck aprendeu rápido e logo estava deitado com todo o conforto.

Em seus sonhos, Buck visitou sua antiga casa na Califórnia. Viu os vinhedos, o quintal cheio de árvores e as crianças nadando na piscina. No sonho, o sol lhe dava uma sensação de conforto e Buck sentia a mão do juiz acariciando seu pelo. Quando amanheceu, os outros cães começaram a latir e Buck acordou assustado.

Nos dias seguintes, aqueles cães puxaram o trenó dos correios no ritmo acelerado que as notícias e a carga de cartas exigiam. No começo os músculos de Buck doíam e ele sentia o esforço, mas, com o passar dos dias, seu preparo físico foi aumentando e sua resistência foi ficando cada vez melhor. A rotina de puxar o trenó era quase um vício para aqueles cães. Era seu trabalho diário, era seu desafio. Puxando o trenó eles se sentiam valorizados, ganhavam elogios de François e Perrault. Se não puxassem, ganhavam xingões e até mesmo chicotadas. Por isso todos se esforçavam em equipe. Buck rapidamente pegou gosto por aquela tarefa.

Naquele dia saíram cedo, **CÂNION** acima. Atravessaram o Sheep Camp sob um denso nevoeiro e foram além de Scales e da beira das florestas. Passaram por geleiras de trezentos metros de altura e pelo imponente Chilcoot Divide; desceram a região de lagos gelados e vulcões extintos. Já era noite quando adentraram o grande acampamento da nascente do lago Bennett.

Após terem percorrido sessenta quilômetros, Buck e seus companheiros dormiram o sono dos justos, mas ainda antes do amanhecer foram acordados para seguir viagem. No dia seguinte a trilha não estava tão boa. A neve estava mais mexida, reduzindo a velocidade do trenó e aumentando o esforço dos cães. Por vezes François e Perrault se alternavam para correr junto aos cães, dando-lhes incentivo. Nas subidas e onde a trilha estava pior, François se posicionava atrás do trenó para ajudar os cães. Perrault também corria à frente da matilha, removendo galhos que por ventura estivessem no caminho, enquanto seus sapatos iam esmagando e compactando a neve para facilitar a passagem dos cães. Do trenó François guiava as correias e gritava palavras de incentivo. Quando atravessavam um lago congelado Perrault usava todo o seu vasto conhecimento sobre o gelo e neve para escolher o traçado mais firme e seguro.

A vida de Buck era **MOUREJAR** nas correias. Quando o sol nascia, Buck e seus companheiros já tinham percorrido vários quilômetros. Puxavam o trenó até o cair da noite, quando então François servia um peixe seco para cada cão. Nessa hora

- **LEITO:** cama
- **CÂNION:** garganta em uma montanha, cavada pelo curso de um rio
- **MOUREJAR:** trabalhar muito, quase sem descanso

a fome de Buck era tanta que ele, em algumas ocasiões, viu-se obrigado a roubar para comer. Observou bem como Pike fazia para comer rapidamente sua ração e depois roubar o resto de algum cão mais lento. Então numa noite, quando Perrault deu às costas, Buck avançou sobre um belo pedaço de toucinho que Pike comia. Houve muita reclamação (latidos e rosnados), mas quando Perrault se voltou para os cães, Buck estava quieto e calmo. Por estar agitado, Dub acabou levando uma chicotada, pois Perrault não desconfiou da postura tranquila de Buck.

Aquele roubo era uma prova de que Buck poderia sobreviver no ártico gelado, que poderia enfrentar a morte, caso se livrasse da falsa ideia que a civilização havia lhe incutido e voltasse a seguir seus instintos e a sua natureza. No sul era bonito ser bem comportado, respeitar a propriedade privada e os sentimentos alheios, mas no norte, segundo a lei da mordida e da dentada, ser civilizado era pedir para morrer logo. Buck não pensava sobre essas coisas, apenas ia se acostumando com o estilo de vida da região, enquanto seus instintos iam sendo libertados.

No caminho seus músculos ficaram mais definidos e mais rígidos. Com a rotina, seu **METABOLISMO** foi aprendendo a tirar o máximo de proveito da ração. Sua vista e seu olfato, constantemente estimulados, ficaram melhores, mesmo dormindo, Buck sabia se corria perigo ou não. Em parte era a experiência que ia lhe dando melhores condições no gelo, mas havia também algo oculto dentro dele. Algo que aos poucos ele começava a libertar. Como se uma parte dele estivesse dormindo há muito tempo, devido às várias gerações de cães domesticados. Pisar naquele solo branco e compartilhar aventuras com aqueles outros bichos peludos era como voltar à infância da espécie, quando alcateias sem donos vagavam pelas florestas virgens, livres para escolher o seu rumo e caçar seu alimento.

Em uma noite estrelada e silenciosa, Buck se surpreendeu apontando o focinho para o cosmo e uivando, como faziam seus antepassados milhares de anos antes dele. Essa canção remota ecoava dentro de Buck e ele precisava uivá-la, assim como precisava correr, comer e beber. Precisava uivar porque assim se reencontrava com ele mesmo e com tudo que era seu.

Capítulo 3

A FERA PREDOMINA

A natureza primitiva começava a se apoderar de Buck. A cada passo do cão pelas trilhas geladas, a cada rosnado, a cada cheiro diferente, o império dominador da fera crescia dentro do animal. Essa força o tomava de modo lento, progressivo

METABOLISMO: processo em que o corpo transforma alimento de energia

e secreto. Aos poucos, Buck ia tendo mais equilíbrio e autodomínio. Cada vez mais, aquela região deliciava seus sentidos e era reconhecida por ele.

Durante essa fase de adaptação, Buck procurou manter-se longe de brigas. Não procurava atrito e, quando podia, tratava de evitá-los. Tinha ódio de Spitz pelo modo como se divertira com a morte de Cury e pelas constantes provocações, mas mantinha-se paciente. Ignorava quando Spitz tentava perturbá-lo, tentando iniciar uma luta e, sempre que podia, mantinha-se distante do guia da matilha. Parte desse **COMEDIMENTO**, Buck tinha aprendido com o homem de suéter vermelho. Aquela surra lhe mostrara que era preciso saber a hora certa de brigar. Além disso, já dominava a lei da mordida. Cury lhe ensinara que a vida podia valer muito pouco entre aqueles cães.

Ao final de um longo dia de marcha, François armou o acampamento. Ventava muito e o frio parecia cortar. Quando o peixe assado estava pronto, François chamou os cães. Buck havia cavado uma cova muito eficiente, junto a uma parede de rocha. Estava tão quente dentro de seu buraco que pensou em não sair dali para comer. Não fosse a fome que sentia, teria ficado em seu abrigo. Após devorar sua ração, Buck voltou ao refúgio e o encontrou ocupado por Spitz.

Seu sangue ferveu e Buck saltou sobre o invasor com raiva. François, ao ver os dois cães engalfinhados sobre a toca destruída, adivinhou o motivo da briga e falou:

— Ah! Manda ver, Buck. Detona esse malandro ranhento!

Teria sido uma luta mortal caso um acontecimento inesperado não a tivesse adiado.

O acampamento estava tomado por cães-lobo. Era uma matilha gigantesca, quase cem deles! Para não serem vistos ou ouvidos, vieram rastejando, atraídos pelo cheiro do peixe assado na brasa. Quando Buck e Spitz começaram a luta, eles aproveitaram para tomar o acampamento de surpresa.

Perrault atacou dois deles que tinham as cabeças enterradas nos caixotes de **PROVISÕES**. O pedaço de pau atingiu a coluna magra do bicho que **CORCOVEOU** no ar, derrubando a comida no chão frio. Em menos de um segundo cerca de trinta cães disputavam cada milímetro dos peixes, pães e toucinhos. François e Perrault desciam os sarrafos sobre as costas magras dos bichos, que, loucos de fome, pareciam ignorar a dor.

Dave, Sol-Leks e os outros cães da matilha também tentavam defender o acampamento. Buck e Spitz interromperam sua luta e partiram para cima dos forasteiros.

- **COMEDIMENTO:** moderação, prudência
- **PROVISÃO:** mantimento
- **CORCOVEOU:** saltou como um cavalo

Três cães-lobo cercaram Buck. Eram tão **ESQUÁLIDOS** que, não fosse a situação de luta, Buck teria pena deles. Seus ossos eram tão aparentes que pareciam furar a pele. Joe mordeu um cão-lobo e não largou até que ele estivesse morto. Pike quebrou o pescoço de outro, enquanto Buck afundava os caninos na garganta do inimigo. Sentir o sangue alheio em sua língua fez sua ferocidade aumentar e, enquanto partia sobre outro inimigo, sentiu um golpe agudo perto do pescoço. Era Spitz que aproveitava a confusão da batalha para atacá-lo à traição.

Quando os invasores acabaram de comer os alimentos no solo, resolveram fugir das pauladas proferidas por Perrault e François. Assim, os dois puderam ajudar Buck e os demais cães contra os outros cães-lobo. Inferiorizados pelos porretes, os cães-lobo bateram em retirada, mas cerca de dez outros aproveitaram para voltar a atacar o caixote de provisões. Billee, **COLÉRICO** pelo terror da batalha, investiu sobre os inimigos e, quando se deu conta, viu que sua bravura o tinha colocado sozinho contra oito oponentes. Buck foi ao seu encontro para ajudá-la.

Billee começou a fugir em direção à floresta. Buck a acompanhou. Sol-Lecks e Dave fugiram pelo lago congelado. Os outros também deixaram o acampamento com cães-lobo no **ENCALÇO**. A dispersão da matilha fez com que os invasores também se separassem. Assim François e Perrault conseguiram espantar os invasores remanescentes. Apenas quando o dia já **ARRAIAVA** é que os nove cães da matilha voltaram ao acampamento. Com exceção da Dolly, estavam todos vivos, mas todos muito feridos. Eles tinham no mínimo quatro ferimentos profundos e haviam perdido muito sangue. Dub mancava nas patas traseiras, Dolly tinha a garganta estraçalhada, Joe havia perdido um olho e a corajosa Billee estava sem uma orelha.

François e Perrault estavam de mau humor. Metade das provisões havia sido devorada pelos intrusos. A fome daqueles animais era tanta que roeram parte do couro dos arreios, as botas de Perrault e um pedaço do chicote de François! Ao ver a matilha estropiada e coxeando se aproximar lentamente do acampamento, François sentiu uma dor no coração.

Com poucos recursos, François e Perrault fizeram curativos simples nos cães, deram-lhes ração e reiniciaram a marcha. Ainda faltavam muitas milhas até Dawson e era um trecho de solo difícil. Com os cães debilitados seria ainda mais problemático vencê-lo, mas não havia outra alternativa, já que ficar no acampamento mais uma noite era pedir para morrer num novo ataque dos cães-lobos famintos.

- **ESQUÁLIDO:** muito magro
- **COLÉRICO:** enraivecido, enfurecido
- **ENCALÇO:** perseguição
- **ARRAIAVA:** o mesmo que ralava

Perto do meio-dia, o rio Thirty Mile apareceu no caminho da matilha. Seu leito estava parcialmente descongelado. Perrault foi na frente com um longo varapau, testando a rigidez do gelo, investigando a profundidade de buracos e escolhendo o melhor caminho. Mesmo assim, parte do trenó trincou o gelo, levando Dave e Buck para baixo d'água. Buck sentiu um choque em seu couro. O frio era tão intenso que seus ossos doíam. Quando seus donos o tiraram de lá, seu corpo **TIRITAVA** sem parar. O pelo molhado congelou e uma camada de gelo passou a cobrir o cão. François acendeu uma fogueira e obrigou Dave e Buck a correr em volta dela para aumentar o calor corporal.

Já fazia duas horas que havia anoitecido quando começaram a descer o platô e reencontraram o rio num ponto mais estreito e congelado. Era a região de Hootalinqua. A matilha estava arrasada, mas Perrault os obrigava a manter as boas médias. No dia seguinte percorreram cinquenta e seis quilômetros até Big Salmon, onde descansaram. No outro dia, mais cinquenta e cinco quilômetros até Little Salmon e no dia seguinte sessenta e quatro quilômetros para que chegassem em Five Fingers.

As patas de Buck não tinham a mesma dureza da dos cães locais, por isso ele começou a mancar muito e à noite deitava-se com as pernas estendidas. Não se mexia nem para receber a ração. Com dó, François ia pessoalmente até ele e lhe servia o peixe. Depois fazia massagens em suas patas durante meia hora. Como Buck continuava com problemas, François **ATOROU** o cano de suas botas e com ele confeccionou quatro pequenas botas protetoras para Buck.

Foi um alívio para o grande cão do sul. Quando numa manhã François esqueceu de calçar as proteções em suas patas, Buck deitou-se de costas com as patas para cima e começou a latir, como quem diz "sem minhas botas eu não saio daqui!". Os dois homens se olharam surpresos: a **ASTÚCIA** de Buck era impressionante. Mais tarde suas patas ficaram calejadas e Buck deixou de usar as botinhas.

Certa manhã, enquanto François colocava os arreios nos cães, Spitz com um salto rápido cravou seus dentes no ombro de Buck, rasgando seu couro. Desafeito à covardia, François fez seu chicote falar. Cansado e ferido, Buck viu com um certo prazer a surra histórica que Spitz levou do chicote de François em frente de todos os cães da matilha.

— Esse Spitz é um demônio — disse Perrault. — Qualquer hora ele ainda mata o Buck.

— É, mas o Buck é dois demônios, amigo. Qualquer hora ele pega o Spitz de jeito. Pode ter certeza — disse François com admiração.

- **TIRITAVA:** tremia e batia os dentes
- **ATOROU:** partiu, cortou
- **ASTÚCIA:** artimanha, sagacidade

Spitz odiava Buck porque reconhecia em seu porte, em sua resistência e em sua bravura um líder. Queria matá-lo porque Buck era uma ameaça à sua liderança. A cada dia Buck ia se familiarizando mais com a vida selvagem. Quanto mais aprendia as regras do jogo, mais queria jogá-lo, e foi com naturalidade que começou a almejar a liderança da matilha. Seu diferencial era a paciência. As cacetadas recebidas pelo homem de vermelho tinham quebrado a sua ansiedade natural e ele sabia esperar pelo momento certo. Quando a hora chegasse, ele lutaria com Spitz e apenas um deles viveria para guiar a matilha no incompreensível orgulho de servir. O orgulho que fazia os cães amarem o ofício de puxar trenós, que fazia de Daves e de Sol-Leks, por exemplo, cães preguiçosos longe do trenó, mas animais extremamente dedicados no serviço. Era esse orgulho que fazia muitos cães morrerem contentes nas correias ou magoados caso seu dono os afastasse dos arreios por estarem feridos ou doentes.

O mesmo orgulho fazia Spitz bater no resto da matilha, quando erravam nos arreios, desviando o trenó da rota ou quando pela manhã algum deles se escondia para não trabalhar. Era esse orgulho que o impelia a matar Buck, com medo que o cão **MERIDIONAL** o substituísse.

O desejo de liderança ia crescendo em Buck e ele cada vez mais afrontava Spitz. Às vezes defendia os cães que Spitz queria punir ou simplesmente ignorava os rosnados do líder. A revolta de Buck foi desgastando a liderança de Spitz e aos poucos ele foi perdendo o controle sobre a matilha. François redobrou seus cuidados para evitar a briga mortal entre os dois e assim conseguiu chegar a Dawson com Spitz e Buck vivos.

O trenó dos correios permaneceu uma semana em Dawson, onde os cães puderam descansar e recuperar suas energias. Para a viagem de volta, Perrault teria que transportar documentos oficiais importantes e François planejava fazer o percurso em tempo recorde. A polícia havia montado três entrepostos ao longo da trilha com mantimentos para cães e homens. Assim o trenó poderia viajar com menos carga, ganhando mais velocidade.

No primeiro dia fizeram oitenta quilômetros. No segundo dia os cães já subiam o rio Yukon, mas François notava que algo não ia bem. As brigas e divergências entre os cachorros eram cada vez mais frequentes. Spitz já não mandava na matilha e, desunidos, os cães não puxavam o trenó como se fossem um único animal coletivo. Agora havia os que **FAZIAM CORPO MOLE** e os que, por **PIRRAÇA**, faziam o contrário daquilo que Spitz ordenava. Dessa forma, os cães trabalhavam de modo desequilibrado, se desgastavam mais e o trenó não percorria as distâncias que poderia percorrer.

- **MERIDIONAL:** do sul, austral, sulista
- **FAZIAM CORPO MOLE:** não se esforçavam
- **PIRRAÇA:** acinte

Quando anoitecia, o acampamento era um palco de latidos, rosnados e provocações. Dub e Joe se uniram contra Spitz. Pike chegou a roubar a ração do líder e Buck ganhou confiança para desafiar ainda mais a autoridade de Spitz. Perrault e François sabiam que o líder do motim era Buck e que aquela situação só seria resolvida pelo argumento da mandíbula afiada.

Certa vez, após o jantar, Dub farejou um coelho e conseguiu fazer com que ele saísse da toca, mas não foi rápido o suficiente para pegá-lo. Foi o que bastou para a matilha inteira sair em busca do coelho. Corriam em velocidade máxima, sem o peso do trenó. Seus instintos de caça serviam de motivação e prazer. Aquilo era muito mais emocionante do que puxar correias pesadas. O coelho era rápido e conseguia fazer as curvas com mais agilidade do que os cães. A matilha tinha a seu favor o espírito coletivo.

Para azar do coelho, eles estavam perto do acampamento da Polícia Montada. A correria de Dub. Buck e dos cães chamou a atenção dos cinquenta cães-lobo da polícia que também resolveram perseguir o coelho. **ACUADO**, a presa enveredou rio abaixo e começou a atravessar seu leito congelado. Os quase sessenta cães e suas mais de duzentas patas avançavam pela neve, colorindo a paisagem fria com seus pelos e latidos sob o luar. Buck ia na frente da matilha, chegava a se aproximar do coelho nas retas, mas então o bichinho guinava para a esquerda ou para a direita e conseguia aumentar um pouco a distância que logo, na reta, os cães diminuíam.

Buck e os outros eram movidos pela alegria de exterminar. Pelo instinto de matar para comer, para viver. O alimento vivo se movia velocíssimo sob o luar e Buck ia atrás dele, como se estivesse viajando por dentro de si próprio. Sentia suas patas, músculos e tendões serem exigidos ao máximo. Era uma sensação familiar, **ANCESTRAL**. Era como se Buck corresse até as profundezas de sua natureza, até as entranhas do Tempo. Vivia o **PARADOXO** de sentir o borbulhar da vida numa hora mortal. Sentia a alegria perfeita de ter seu corpo em movimento sob as estrelas, enquanto seu espírito ia se reintegrando ao domínio natural.

Spitz sentia a mesma energia, mas tinha uma frieza que o fez abandonar a matilha e cortar caminho por um braço estreito de terra. Fascinado pelo momento, Buck só percebeu o movimento de Spitz quando o viu saltar em frente do coelho. A presa não podia voltar pois atrás dela estavam mais de cinquenta cães e, antes que pudesse reagir, sentiu os dentes brancos de Spitz lhe quebrando a espinha e balançando seu corpo leve no ar. Naquela hora, o coelho gritou como um homem

- ❦ ACUADO: perseguido
- ❦ ANCESTRAL: antigo, relativo aos parentes remotos
- ❦ PARADOXO: contradição

ferido de morte. Ao ouvir aquele grito de Vida, expelido na fronteira entre a Vida e a Morte, a matilha uivou em comemoração.

Mas Buck não participou da festa. Seu sangue estava fervendo e ele saltou sobre Spitz e os dois rolaram na neve. Buck errara o golpe e Spitz se pôs de pé e atacou, rasgando o couro de Buck na altura das costelas. Enraivecido, Buck voltou à carga e por duas vezes seus dentes se bateram com força sem abocanhar a carne de Spitz. Os outros cães haviam devorado o coelho em segundos e agora estavam reunidos em círculo. Buck e Spitz estavam no meio. A regra era simples e conhecida de todos aqueles lobos mal domesticados: o primeiro a cair seria devorado.

Um silêncio mortal cobriu o círculo. Como se o ar tivesse parado para testemunhar a batalha, e o bafo dos cães subia devagar na noite glacial. Spitz era um excelente lutador. Havia derrotado dezenas de cães em círculos como aquele. Sabia atacar e recuar. Sabia se defender. Era rápido e malicioso. A cada ataque de Buck, Spitz desviava e, na sequência, feria seu opositor. Quando não conseguia desviar, Spitz mordia Buck no focinho. Caninos contra caninos, bocas dilaceradas e o sangue respingando sobre a neve. Buck tentava sempre atingir a garganta de seu adversário, jogando seus ombros contra os de Spitz na tentativa de derrubá-lo para depois atacar, mas Spitz conhecia esse golpe e conseguia ferir Buck, permanecendo em pé.

Buck estava todo lanhado, perdendo sangue e com dificuldades para respirar; Spitz praticamente não tinha nenhum arranhão. Num dos golpes, Buck caiu e a matilha fez menção de partir para cima dele, mas ele pôs-se de pé rapidamente e o círculo voltou a esperar. Nesse momento Buck sentiu que precisava fazer alguma coisa ou sua vida acabaria ali. Foi então que usou uma qualidade que pode levar a grandes coisas: a imaginação. Até então estava lutando só com o instinto, como quando fora espancado pelo homem do suéter vermelho. Mas podia lutar com a inteligência também. Por isso, partiu para cima de Spitz como se fosse mais uma vez tentar o golpe na garganta, só que no último momento desviou a trajetória e suas presas cravaram-se na perna dianteira esquerda de Spitz, partindo seus ossos. Sustentando-se em três patas, o grande cão branco perdeu muito de sua velocidade. Buck tentou golpeá-lo três vezes sem sucesso, mas, na quarta tentativa, repetiu o ataque vitorioso e destroçou a perna dianteira direita de Spitz. Mesmo com dor e apesar da situação extrema, Spitz continuava se debatendo e rosnando. O círculo, que tantas vezes ele vira se fechar sobre suas vítimas, agora se fechava sobre ele.

Como **MISERICÓRDIA** era uma palavra inexistente no norte gelado, Buck partiu para o ataque final. Quando Buck saltou todos os cães que aguardavam o

MISERICÓRDIA: compaixão, piedade

momento final também saltaram. Buck então saltou para trás e ficou olhando o círculo negro consumir Spitz.

Capítulo 4

O PODER DA SUPREMACIA

— Eu não te disse, Perrault? Eu não falei que o Buck era um inferno? Um não, dois – gritava François na manhã seguinte, quando viu que Spitz estava desaparecido e Buck tinha ferimentos por todo o corpo.

— Surpreendente — disse Perrault. — Aquele Spitz lutava como um demônio!

— É, mas o Buck luta como dois demônios, amigo. Agora nosso trenó vai voltar a fazer boas médias. O fim de Spitz é o fim dos problemas, você vai ver.

François começou a pôr os arreios nos cães e Buck correu para o lugar de guia que era ocupado por Spitz. Sem perceber, François trazia Sol-Leks para o local, pois achava que Sol-Leks tinha mais experiência para a função. Buck saltou com fúria sobre Sol-Leks, que recuou.

— Olha só esse tipo! Matou o Spitz e quer o lugar dele — disse François rindo. — Fora daí, Buck.

Mas Buck não se moveu.

— Fora!

Buck não dava um passo. Então François o pegou pela nuca, embora Buck rosnasse perigosamente, e o colocou ao lado do trenó. Sol-Leks não estava gostando nada daquilo. Não tinha a ambição de ser o cão-guia e não queria enfrentar Buck, mas François era teimoso e insistia em ter o velho cão como guia.

Quando François virou as costas, Buck voltou a ocupar a posição de guia.

— Ah, é. Então você acha que manda aqui, né, Buck? Espera aí que eu já lhe mostro uma coisinha.

Quando voltou, François tinha um grande porrete nas mãos. Lembrando do homem de suéter vermelho, Buck recuou e permaneceu quieto quando François trouxe Sol-Leks para a posição de guia. François colocou os arreios em todos os cães, menos em Buck, que não se aproximava dele. Andava em torno do trenó, reclamando com rosnados e latidos amargos, sempre a uma distância segura do porrete. Só faltava Buck nos arreios para que pudessem partir, mas o cão se recusava a se aproximar e a ocupar a vaga que era de Dave.

Pensando que Buck temia ser surrado, François jogou o porrete longe, mas Buck continuava seu protesto pacífico, sua desobediência canina. A vaga de líder era dele, havia lutado muito por ela e não se contentaria com nenhum prêmio de consolação. Perrault ajudava François e por meia hora eles correram atrás de Buck, tentando cercá-lo. Buck até se divertiu com isso, porque os homens eram muito lentos perto dele. Depois começaram a atirar pedaços de pau nele, mas ele desviava de todos. Por fim, cansados e atrasados, os homens começaram a xingar Buck, seu pai, sua mãe e todos os seus mais **REMOTOS** parentes. Xingaram seu pelo, seu sangue, suas atitudes. Buck não entendia o exato significado daqueles **IMPROPÉRIOS**, mas sabia que não eram amistosos. Por isso rosnava de vez quando para os homens e, sobretudo, procurava se manter longe do alcance de suas mãos e porretes. Não fugia, ficava sempre dentro dos limites do acampamento, numa proposta clara: queria puxar o trenó, mas como cão-guia, no lugar que fora de Spitz.

François sentou-se num tronco, coçou a cabeça, olhou para Sol-Leks, olhou para Buck e depois olhou para Perrault. Já estavam mais de uma hora atrasados e era preciso reconhecer: tinham sido vencidos. François se levantou e foi até Sol-Leks, de onde chamou Buck. Buck latiu alegre, mas se manteve onde estava. François então soltou Sol-Leks e o colocou no local antigo. O primeiro posto das correias estava vazio, à espera de Buck. François o chamou mais uma vez. Novamente ele latiu feliz, mas permaneceu imóvel.

— François, joga o porrete longe — disse Perrault.

No limite de sua paciência, François jogou o porrete longe e então Buck se aproximou com um sorriso no rosto ainda machucado pela briga com Spitz. Os homens lhe colocaram as correias e o trenó se pôs em movimento. Com uma hora de viagem, François compreendia que Buck fizera bem em lutar pelo seu lugar de direito. Era um ótimo cão-guia. Tinha decisões rápidas e precisas, muitas vezes melhores do que as de Spitz. Sua liderança era total e os outros cães lhe obedeciam cegamente. Até mesmo Pike, que gostava de vadiar e, quando podia, não punha toda a força nas correias, teve que mudar sua conduta, estimulado pela liderança de Buck.

Durante o jantar também Buck instaurou a ordem, castigando Joe, algo que Spitz nunca conseguira. Com a nova direção, a matilha voltou a fazer boas médias, agindo com solidariedade e companheirismo, como se fossem um só cão a puxar o trenó. Em Rink Rapids mais dois cães-lobos foram incorporados ao grupo: Teek e Koona. Buck os dominou com uma rapidez que deixou François de boca aberta.

— Eu nunca vi um cão como Buck! — dizia, e Perrault concordava.

Ao final da segunda semana chegaram nos altos de White Pass e desceram até o mar onde as luzes de Skaguay e dos navios os aguardavam. François, Perrault e os cães haviam batido um recorde. Em catorze dias haviam feito uma média de sessenta

- **REMOTO:** aqui, significado
- **IMPROPÉRIO:** ofensa, injúria

e quatro quilômetros por dia, percorrendo mais de oitocentos quilômetros ao todo. Por dois dias, a matilha virou atração na rua principal da cidade. Todos queriam conhecer os cães recordistas, enquanto os funcionários dos correios ganhavam até bebida grátis nos bares de Skaguay. A popularidade durou até quatro bandoleiros do oeste tentarem assaltar a cidade e serem furados à bala por valentões locais, que acabaram virando os novos ídolos da cidade.

No dia seguinte chegaram ordens do governo. François chamou Buck. O cachorro se aproximou e o homem lhe deu abraços e choramingou palavras por cima de seu pelo. E assim, como outros, François e Perrault foram embora para sempre da vida de Buck. Outro funcionário dos correios tomou conta deles e em alguns dias já estavam de volta à difícil trilha, rumo a Dawson. Desta vez a carga era muito pesada e seu condutor não tinha o objetivo de bater recordes.

A viagem transcorreu com certa monotonia, uma vez que o caminho já era conhecido. Buck e os demais cães faziam seu trabalho, comiam sua ração e descansavam. Funcionavam como peças de uma máquina. Quando anoitecia, após o jantar, os homens acendiam uma fogueira e Buck gostava de deitar-se perto dela, com as patas traseiras encolhidas embaixo da barriga e as dianteiras esticadas. A cabeça ficava erguida, embora seu corpo **DORMITASSE**. Nessa hora Buck fechava os olhos e, no conforto do fogo, enxergava a casa do Juiz Miller, na Califórnia. Lembrava-se das tardes de sol, da piscina, da sua amiga, a cadelinha mexicana Isabel, e da companheira japonesa Toods. Lembrava-se do homem de suéter vermelho, de sua amiga Curly, da grande luta com Spitz, das coisas boas que tinha comido e das que gostaria de comer.

Não se pode dizer que Buck tinha saudade. Sua vida no sul era uma lembrança distante, mas algo diferente acontecia dentro dele. A vida na floresta, na neve e no meio de outros cães quase selvagens lhe trazia recordações de outras vidas. Da vida de seus antepassados. As últimas semanas tinham despertado seus instintos e agora ele sentia crescer dentro dele uma adaptação natural àquela vida primitiva.

Sonhando perto do fogo, Buck às vezes tinha a impressão de que aquelas chamas eram de outra fogueira e que aqueles homens eram outros homens. Eram mais baixos. Suas pernas eram mais curtas e seus braços mais compridos. Os cabelos eram maiores e mais compridos. Esses homens diferentes que Buck via enquanto cochilava andavam quase nus, mas seu corpo era coberto de pelos. Seus troncos eram mais inclinados para frente e sua agilidade e elasticidade eram impressionantes. Movimentavam-se com rapidez e seus instintos aguçados estavam sempre conectados às coisas visíveis e invisíveis que aconteciam. Buck sonhava

❦ **DORMITASSE:** dormisse levemente, cochilasse

à margem do rio Yukon, enquanto suas visões deste outro mundo eriçavam seu pelo ou faziam com que latisse baixinho. Até que um dos homens o acordava e ele bocejava e se espreguiçava.

Durante o dia os sonhos eram substituídos pela dura jornada. Os cães, cada vez mais **FATIGADOS**, iam perdendo peso e quando chegaram a Dawson estavam tão arrasados que mereciam pelo menos dez dias de descanso. Mas apenas dois dias depois já se punham na estrada, a serviço dos correios. Para piorar, nevava todos os dias, e o trenó afundava no solo fofo, aumentando o peso da carga, reduzindo a velocidade e cansando a todos. Os condutores tinham consciência do esforço feito pelos cachorros. À noite os animais comiam antes mesmo dos homens, que examinavam suas patas e lhe faziam massagens. Aqueles cães eram heróis. Já haviam percorrido mais de dois mil e quinhentos quilômetros em pleno inverno. Buck, mesmo aos frangalhos, mantinha sua postura de chefe, incentivando e cobrando mais atitude dos demais cães. Billee gania todas as noites. Joe ficara muito mais amargo e áspero. Sol-Leks não permitia que ninguém chegasse perto dele. Dave se encontrava em pior estado. Estava tão fraco que, quando lhe tiravam os arreios, cavava sua toca e não saía dela nem para comer, obrigando os condutores a lhe levarem comida.

Quando puxava o trenó, Dave sofria muito. Se por algum motivo o trenó parava, na hora do arranque Dave gritava de dor. Os homens examinavam suas patas, pernas, músculos, mas ninguém detectava a origem do problema. Na altura de Cassia Bar, Dave quase não suportava o peso do próprio corpo. Caía constantemente, atrasando o trenó. O condutor então retirou Dave dos arreios e o deixou solto. Sua intenção era aliviar a carga de Dave e fazer com que ele viajasse solto, atrás do trenó, onde a neve já alisada pelo trenó era mais firme.

Ao ver Sol-Leks ocupar seu lugar e o trenó entrar em movimento sem a sua contribuição, Dave se sentiu rejeitado e ofendido. Sentia muito orgulho em pertencer àquela matilha, em puxar aquele trenó no seu lugar, por isso não viu outra saída senão atacar Sol-Leks. O condutor usou o chicote para afugentá-lo, mas Dave continuava latindo e atacando Sol-Leks. O homem não teve coragem de aumentar a força dos golpes, enquanto Dave se recusava a seguir atrás do trenó, na neve batida, e ia resmungando e se arrastando de dor e de raiva pela neve fofa ao lado da matilha até que caiu. O trenó seguiu viagem.

Dave se levantou e, num esforço incrível, correu para alcançar a matilha, voltando a se posicionar ao lado de Sol-Leks e com mordidas fortes trincou as correias do cão. O condutor parou o trenó. Os homens estavam surpresos. Dave

❦ **FATIGADO:** muito cansado

se colocou em seu lugar de origem e com os olhos implorou para permanecer ali. Os homens se perguntavam como era possível um cão sofrer por lhe ser negado o trabalho que o estava matando e resolveram colocar Dave nas correias e Sol-Lek voltou ao seu antigo lugar.

Havia vários casos de cães que morriam quando eram afastados das correias, por isso os homens deixaram que Dave tivesse o seu final com orgulho, ao lado de seus companheiros. Dave foi bravo, executou seu trabalho com muita dedicação e sofrimento. O trenó chegou inclusive a passar por cima dele uma vez, mas ele se levantou e seguiu caminho.

À noite, após o jantar, o condutor deixou Dave num local confortável, perto do fogo, e lhe deu uma bela porção de ração. Mas na manhã seguinte Dave faleceu.

Capítulo 5

VIDA DE CÃO

A matilha levou trinta dias de Dawson a Skaguay. Quando chegaram, tinham os músculos esgotados e doloridos. Pike e Sol-Leks mancavam, Dub tinha uma **OMOPLATA** deslocada e todos eles estavam muito magros. As patas doíam muito e se mover era um **SUPLÍCIO**. Aquele cansaço era fruto de meses de trabalho pesado. Os homens tinham extraído todas as forças daqueles cães e seria preciso pelo menos um mês de folga para recuperá-los.

Os condutores também estavam cansados e chegaram a Skaguay certos de que teriam uma merecida folga. Mas o volume de correspondência era tão grande e as ordens oficiais tão claras que eles deveriam voltar para Dawson em apenas três dias. Os cães cansados deveriam ser substituídos por animais em condições. Os antigos seriam vendidos.

No quarto dia, Buck e sua matilha foram vendidos por uma **NINHARIA** a dois americanos chamados Hal e Charles. Eram jovens **INSOLENTES**. Hal levava no cinturão recheado de cartuchos um revólver Colt e uma grande faca. Buck viu quando os dólares passaram dos ianques para o funcionário dos Correios e soube na hora que sua vida ia mudar novamente e que jamais veria os antigos condutores.

O acampamento dos americanos era um espetáculo de desorganização. Havia excesso de bagagens, itens desnecessários e uma mulher em volta do trenó.

- **OMOPLATA:** osso do ombro
- **SUPLÍCIO:** tortura, grande aflição
- **NINHARIA:** coisa sem valor
- **INSOLENTE:** grosseiro, malcriado

Era irmã de Hal e casada com Charles. Seu nome era Mercedes. Estava claro que não tinham experiência nenhuma com viagens em trenó, além de serem sujos e desorganizados. Amarraram a barraca de forma grosseira, ocupando muito espaço. Mercedes se metia no caminho dos homens, atrapalhando-os e irritando-os com seus conselhos e exigências.

Um homem que passava por ali, ao ver a sequência de equívocos que os americanos preparavam, resolveu ajudar, dando conselhos:

— Amigos, desculpem minha intromissão, quem vai viajar são vocês e com certeza devem fazer como acham melhor. Contudo, se eu fosse vocês não levaria a barraca na viagem.

— Ora, não nos amole! — disse Mercedes. — Onde é que eu vou dormir se não levarmos a barraca?

— Já é primavera, vocês não vão pegar tanto frio — disse o homem, tentando ajudar.

— Mas por que não levá-la? — perguntou Charles.

— Parece ser muito pesada e está ocupando muito espaço no trenó.

O americano virou as costas para o homem e foi amarrar os cães às correias. Logo depois seu chicote já castigava os cães que se esforçavam ao máximo sem que o pesado trenó se movesse. Charles aumentou a força dos golpes, mas os cães não conseguiam fazer o trenó andar.

— Esses cães precisam de descanso! — gritou outro homem que assistia à cena. — E esse trenó é muito pesado, precisa de mais cães para puxá-lo.

Irritado, Hal pegou o chicote e disse:

— Eu vou mostrar o que esses vagabundos precisam.

Os cães se atiraram contra as correias, forcejando, enquanto suas patas afundavam na neve e o trenó permanecia parado. Um dos homens que assistia à cena não se conteve e falou:

— Não que eu me importe com o problema de vocês, mas me importo com o bem-estar desses bichos. Por isso vou me meter. Vocês têm que liberar esse trenó! Será que vocês não viram que o ferro dos deslizadores está congelado e afundado na neve? Vocês têm que soltar o trenó, senão esses pobres cães não vão conseguir puxar o trenó nunca.

Mesmo contrariado, Hal fez o que o homem sugeria. Empurrou o trenó para os lados e os deslizadores desgrudaram do gelo. Em seguida, a matilha fazia o conjunto se mover, sob pancadas. Hal parecia descontar sua raiva nos animais. Tinha percorrido cerca de cem metros quando a estrada fazia uma curva. Os cães ganhavam velocidade e somente um condutor experiente conseguiria fazer aquela curva com segurança. Hal estava longe de possuir essa habilidade e, ao virar a esquina, o trenó tombou, espalhando metade da carga. Enraivecidos pelo excesso de castigo, os cães sentiram o peso aliviado e continuaram correndo, puxando o trenó aos trancos. Hal foi jogado ao chão e, quando se levantou, passou a gritar com a matilha, sem que ela o obedecesse.

Cinco quarteirões depois dois homens conseguiram deter os cães. Entre os americanos e o trenó havia um rastro das bagagens supérfluas espalhadas pela rua e das risadas da população de Skaguay. Hal, Charles e Mercedes foram recolhendo suas coisas, enquanto ouviam conselhos e **CHACOTAS** de desconhecidos:

— Olha só, eles levavam latas de conserva! Que horror! É um mantimento muito pesado!

— E para que tantos cobertores? Eles vão montar um hotel na trilha?

— E quem vai lavar tanta louça?

— E essa barraca! Ocupa muito lugar e deve ser demorada para montar e desmontar!

As críticas fizeram com que o grupo se desfizesse de vários itens de sua bagagem. Mesmo assim o trenó continuava com excesso de peso. Por isso, os dois irmãos decidiram comprar mais cães. No dia seguinte seis novos cães se juntavam aos oito da matilha original. Agora eram catorze animais. Ninguém em Skaguay havia visto um trenó de viagem partir com tantos animais e a razão para isso é que não há como carregar suprimentos para tantos cães!

Os novatos, embora fossem adestrados para o ofício, não tinham a resistência que a viagem exigia. Três deles tinham **CRUZA** com perdigueiros e, portanto, sua pelagem era muito curta para o frio do ártico. Havia uma terra-nova e dois **RAFEIROS** sem raça determinada. Buck e seus antigos companheiros já começavam a viagem quase mortos de cansaço. Nenhum deles colocava alegria e entusiasmo no trabalho: os novatos estavam tímidos e assustados e os antigos não confiavam nos novos donos.

Buck sentia que aqueles americanos não sabiam coisa nenhuma e parecia que não poderiam aprender coisa nenhuma durante a viagem. Seus hábitos eram relaxados, não tinham ordem nem disciplina e não cumpriam horários. Gastavam metade da manhã para desmontar o acampamento e se viam obrigados a parar várias vezes durante o dia para ajustar a bagagem. Em alguns dias não conseguiam fazer nem quinze quilômetros e em outros as confusões eram tantas que nem chegavam a partir.

Os dias iam passando sem que eles percorressem as distâncias planejadas. Era inevitável que a ração dos animais acabasse antes de chegarem a Dawson, ainda mais porque Hal concluiu que os cães não faziam boas médias por estarem mal-

- **CHACOTA:** zombaria
- **CRUZA:** resultado de acasalamento
- **RAFEIRO:** cão que cuida do gado

alimentados e resolveu aumentar a quantidade de nutrientes. Mas o problema da matilha não era fome, e sim cansaço. Mesmo andando pouco eles não conseguiam se recuperar pois o trenó estava muito pesado.

Não demorou muito para os homens começarem a racionar a comida dos cães. Refizeram os cálculos e decidiram aumentar as médias de distâncias percorridas por dia, mas a bagagem monstruosa e a incompetência não lhes permitiu apressar nada além da morte dos cães. Dub foi o primeiro a cair. Com seu jeito feliz e estabanado, o pobre Dub trabalhou com esforço até que seus ossos deslocados, doloridos, sem cuidados médicos e sem descanso o obrigassem a parar. Hal sacrificou o cão com um disparo do seu Colt. O terra-nova e os três perdigueiros morreram de forma mais lenta, devido à fome.

As discussões entre os homens aumentavam com as dificuldades e, aos poucos, gentileza e boa educação eram substituídos por palavrões e grosserias. **DESAVENÇAS** familiares e problemas antigos eram desenterrados em meio a questões práticas como decidir quem iria rachar lenha. Enquanto o acampamento ficava por armar e os cães por alimentar, a viagem atrasava ainda mais. Para piorar, Mercedes reivindicava certas **REGALIAS**. Por ser mulher ela se recusava a fazer algumas tarefas e exigia viajar no trenó, aumentando o peso da carga em cinquenta e cinco quilos.

Quando os homens a obrigaram a descer, ela se sentou na neve e começou a chorar. Irritados, eles partiram sem ela. Mas ela continuou sentada no frio, como uma criança mimada, e os homens foram obrigados a voltar quinze minutos depois, gastando tempo e esforço dos cães debilitados.

Em Five Fingers, Hal trocou seu Colt por uma pele de cavalo que julgava ser um bom alimento para os cães, mas o couro não dispunha de muitos nutrientes e a situação piorava a cada dia. Dois dias após passarem por Five Fingers, a boa Billee caiu e não teve forças para se levantar. Hal a matou com o machado, sob o olhar assustado dos outros cães. No dia seguinte era Koona que partia deste mundo. Ainda restavam cinco cães: Buck, Joe, Pike, Sol-Leks (todos estropiados) e Teek, que por não ter feito tantas viagens antes ainda tinha forças. Buck já não exigia nada de seus comandados e seguia na trilha maquinalmente, sem o mínimo entusiasmo.

A primavera se estendia pela trilha sem que homens ou cães pudessem percebê-la. O sol nascia a cada dia mais cedo e se punha mais tarde, começando a derreter o gelo e fazendo insetos se moverem e plantas crescerem. O rio Yukon parecia estar acordando e aos poucos se livrava da prisão de gelo que o detinha. Foi nesse cenário de renascer da vida que os cinco cães demolidos

- **DESAVENÇA:** discórdia
- **REGALIA:** privilégio

e os três humanos briguentos entraram no acampamento de John Thornton, na **EMBOCADURA** do rio White.

John estava sentado, talhando um cabo de machado, quando Hal parou seu trenó. Os cães se atiraram ao chão, estafados. Hal cumprimentou John e perguntou:

— É verdade que o rio está bem descongelado no fundo? Ouvimos dizer que é loucura tentar atravessá-lo na primavera, mas também nos disseram que jamais chegaríamos ao rio White.

John não gostava daquele tipo de gente que pedia conselhos já sabendo que não os seguiria.

— É verdade, o rio está prestes a desabar. Só um louco com a sorte cega dos loucos conseguiria atravessá-lo. Eu não arrisco minha carcaça nesse rio nem por todo o ouro do Alasca.

— Bom, mas nós somos loucos! E vamos até Dawson! — disse Hal com orgulho e pancadas nos cães.

John continuou trabalhando no cabo do machado. Pensava que três loucos a mais ou a menos no mundo não fariam muita diferença.

— Xô, Buck. Xô! — gritava Hal. Mas o **ALFA** não se movia.

Hal aumentou a força dos golpes, mas aqueles cães descansavam mais apanhando do que obedecendo, por isso se mantinham parados e o sangue de John Thornton começou a ferver. As pancadas e os gritos de Hal aumentavam e então Teek pôs-se em pé. Sol-Leks foi o segundo, Pike o terceiro, embora tenha caído logo após se erguer. Joe, ganindo de dor, foi o quarto a se levantar. Pike conseguir se reerguer. Só faltava Buck, que permanecia deitado, recebendo chibatadas e palavrões.

John Thornton fitou os cães. Seus músculos haviam desaparecido, o pelo estava opaco, as costelas eram visíveis e os olhos fundos não tinham alegria. Estavam na última, mas Charles e Hal queriam atravessar o rio. Hal estava furioso com Buck. Era a primeira vez que o cão o desobedecia e Hal trocou o chicote por um pedaço de pau. Buck decidira não levantar. Tinha o pressentimento que algo muito ruim aconteceria naquele rio, então deixou que as pancadas fossem aos poucos apagando sua última **CENTELHA** de vida.

Até que, soltando um grito de raiva, John Thornton atacou Hal e o derrubou com um direto na boca. Charles e Mercedes olharam assustados para John, e ele, com o rosto transtornado de raiva, falou:

— Se algum de vocês tocar neste cachorro eu mato. Eu mato quem tocar neste bicho!

- **EMBOCADURA:** foz de um rio
- **ALFA:** o líder de uma matilha ou alcateia
- **CENTELHA:** fagulha, chispa

— Ora, cale essa boca. Esse cachorro é meu! — disse Hal, enquanto se levantava limpando a boca suja de sangue.

Thornton permaneceu entre Buck e Hal. Quando o americano se aproximou com a faca na mão, John usou o cabo do machado para acertá-lo na mão, A faca caiu no chão. Hal se abaixou para pegá-la e tomou outra pancada forte nos dedos. Hal se afastou.

— É bom dar paulada nos outros? — perguntou John, enquanto pegava a faca e cortava as correias de Buck.

Mercedes se agarrou ao irmão. Hal desistiu da briga e eles partiram, sem Buck, em direção ao rio. Pike guiava e Sol-Leks ia junto ao trenó. Entre eles Joe gemendo e Teek mancando puxavam o trenó. Buck observava-os se afastar enquanto John, ajoelhado ao seu lado, examinava seu pelo. Estava muito judiado, cortado e cheio de contusões, mas felizmente não havia nenhum osso quebrado. O trenó já estava no meio do rio quando John e Buck ouviram o grito de Mercedes e viram o gelo ruir levando homens e cães ao fundo. Ficou apenas um enorme buraco no gelo, e a água passando sob ele.

Capítulo 6

O CHAMADO DA SELVA

Buck não poderia ter encontrado um acampamento mais adequado para descansar. John Thornton havia congelado seu pé no final do verão e seus amigos o deixaram acampado ali com lenha e mantimentos para que se recuperasse enquanto seguiam viagem até Dawson. Quando brigou com Hal, Thornton ainda mancava um pouco, mas os dias quentes e longos da primavera o ajudaram a se restabelecer.

O mesmo aconteceu com Buck, que pôde dormir e descansar como merecia, além de receber boa alimentação e muito carinho. John ainda tinha mais dois cães no acampamento: Skeet, uma perdigueira de porte pequeno, e Nig, um mestiço de galgo, muito grande e **BONACHÃO**. Os dois cães logo ficaram amigos de Buck. Skeet teve seus instintos maternais ativados e cuidava das feridas do cão sulino como se ele fosse seu filho.

À medida que se recuperavam, Buck e John se tornavam grandes amigos e brincavam muito juntos. Era a primeira vez que Buck sentia tanto apego por um dono. Era a primeira vez que estralava de felicidade ao vê-lo e que sentia prazer em acompanhá-lo onde fosse. Com o juiz Miller e sua família Buck sentia uma forte e bonita amizade, mas em relação a John Thornton seus sentimentos eram

BONACHÃO: que possui bondade natural

amorosos. Além de John ter salvo a sua vida, ele cuidava de Buck de modo diferente dos outros. Seus donos antigos o tratavam como uma ferramenta de trabalho e quando cuidavam dele não faziam mais do que uma "manutenção de rotina" para a máquina durar mais. Já Thornton cuidava dos cães como um pai cuida dos filhos e lhes dizia palavras de motivação e coragem, além de adorar ter longas conversas com seus amigos peludos. Os cães eram um prazer para Thornton, jamais uma obrigação.

Buck adorava quando o homem pegava sua cabeça com suas mãos rudes e a balançava, falando palavrões alegres, que Buck interpretava como palavras de amor. Esse abraço com xingamentos "bonitos" era tudo para Buck, que abanava o rabo e sentia seu coração estremecer dentro do peito. John entendia a alegria do cão e falava:

— Buck, agora só falta você falar!

Isso ele não sabia fazer, mas, em compensação, gostava de pular, correr e depois apertar a mão de Thornton entre os dentes, deixando marcas. Era sua forma de demonstrar amor. Durante muito tempo após ter sido salvo, Buck simplesmente não desgrudava de John. Quando o homem entrava na barraca para dormir, Buck ficava na porta, esperando que saísse. Buck tinha medo de perder seu novo dono. Tinha medo que ele desaparecesse de sua vida como todos os anteriores. Foi esse apego que fez com que Buck salvasse a vida de John quando meses mais tarde seu dono caiu no rio e estava sendo levado pela correnteza. Buck agarrou a corda que um dos homens lhe deu e com seus pelos e coragem entrou na água fria nadando até John para que ele pudesse pegar a corda.

Outra vez, quando Buck já havia recuperado totalmente sua força e sua beleza, John e alguns amigos estavam na cidade bebendo e contando histórias, quando um homem ofereceu quinhentos dólares pelo cão.

— Não vendo Buck por nada nesse mundo! — disse Thornton.

O homem tanto insistiu que John aceitou participar de uma aposta. Buck teria que deslocar e mover sozinho um trenó carregado de lenha. Se conseguisse, John ganharia 1.600, se não conseguisse teria que pagar a mesma quantia, ficando endividado. Mas Buck conseguiu mover o trenó e John ficou com a grana.

Contudo, Buck foi aprendendo que os homens sempre querem mais dinheiro. Seguindo rumores de que em terras ainda mais ao norte havia muito ouro, John Thornton e seus amigos subiram 120 quilômetros do rio Yukon, dobraram à esquerda no rio Stewart, passaram por Mayo e Mcquestion até que o Stewart virasse um riacho entre montanhas rochosas imensas, na espinha dorsal do continente.

Por meses, os homens se aventuraram atrás do metal amarelo. Thornton, com um pouco de sal e uma carabina, preparava o jantar de todos e com essa simplicidade eles passavam por terras **INÓSPITAS**, paisagens deslumbrantes e territórios intocados. A cada dia Buck ia sentindo que fazia parte daquela natureza. Era como se ali, no coração do **WILD**, nas **ENTRANHAS** do mundo, ele se sentisse mais vivo. Acompanhava Thornton nas caçadas e nas pescarias até resolver caçar seu próprio alimento, quando havia alguma folga.

Sua forma física e emocional eram excelentes, o trenó fazia ótimas médias e Buck guiava a matilha com competência total. Estava tudo perfeito, mas em seu interior havia algo ausente. Algo que seus instintos sabiam que estava dentro da floresta. Em suas orelhas grandes, em seu pelo longo, em seus olhos brilhantes e sob suas patas Buck sentia o chamado da selva.

Os meses iam e vinham e os homens contornavam a vastidão do norte, seguindo adiante quando não havia caça e se empanturrando quando havia comida. Tiritavam de frio no alto de montanhas secas, sob o sol da meia-noite, e marchavam firmes dentro das florestas verdes e geladas. Entravam em vales quentes no verão, acompanhados por mosquitos, e comiam morangos silvestres na subida das encostas. Ultrapassaram uma região de lagos **FANTASMAGÓRICOS** de tão desérticos e se embrenharam por trilhas antigas, caminhos fechados sob a luz da aurora boreal até que, por acaso, acharam a Cabana Perdida que as lendas do ouro do norte indicavam. Haviam se passado dois invernos e agora eles estavam dentro da lenda. Na cabana abandonada havia uma espingarda antiquíssima, do tempo dos primeiros exploradores, embora não houvesse sinal deles e nem de ninguém.

Quando os homens acamparam na região em que pensavam ter ouro e começaram a garimpá-lo, Buck ficou sem ter o que fazer. Não havia mais trenó para puxar e Thornton, trabalhando, estava muito ocupado para brincar com ele. Dessa forma o grande cão estava livre para explorar a região e para seguir seus instintos. Em suas andanças encontrou um jovem lobo. Houve um momento de receio entre os dois. Um pré-combate, mas a curiosidade se transformou em amizade quando o lobinho se aproximou e os dois começaram a correr juntos pela floresta, até entrarem num vale cortado por um riozinho. O jovem lobo atravessou o rio correndo, mas Buck parou; lembrando de Thornton, voltou para o acampamento.

Porém os homens continuavam seu trabalho, retirando ouro do rio como se disso dependesse suas vidas. Buck passou a ficar cada vez mais tempo em meio à natureza. Não demorou para que passasse a dormir na floresta também, porque

- **INÓSPITA:** onde não se pode ou não se deve se hospedar ou viver
- **WILD:** "selvagem", em inglês, é o nome que se dá às terras entre o Canadá e o Alasca
- **ENTRANHA:** parte interna de um ser
- **FANTASMAGÓRICO:** próprio dos fantasmas

a vida lá era mais agitada, imprevisível e viva do que no acampamento. Na floresta Buck sentia que cada célula de seu ser era útil e necessária. Sentia que precisava de todos os seus instintos para sobreviver e isso o deixava feliz. Até voltar ao acampamento e encontrar os homens caídos e paralisados. Seus corpos **CRIVADOS** de setas. Farejou John Thornton, seguiu seu rastro, viu seu sangue no chão e sentiu uma dor interna muito grande quando percebeu que o rastro terminava na água, que John estava morto, dentro do rio.

Buck conhecia a morte. Sabia que ela levava os seres. Lembrou-se de Cury, Spitz, Dave, Dub e começou a farejar os assassinos de John. Eram índios Yeehats que dançavam comemorando o ataque bem-sucedido. Buck tinha ódio e os atacou com fúria, mordendo suas gargantas, arrancando suas vidas, abatendo-os como se fossem **GAMOS**. Até que o silêncio voltasse à clareira onde estavam. Até que o grupo estivesse morto.

Dois índios haviam conseguido escapar e contaram a história para o resto da tribo. Buck ficou desolado. Era a primeira vez que brigava e vencia homens como os seus donos e o de suéter vermelho. Era a primeira vez que enfrentava homens de acordo com as regras dos cães. Tinha sido muito mais fácil matá-los do que ter enfrentado Spitz. Concluiu que sem seus porretes ou seus arcos e setas os homens não são adversários dignos e, daquele dia em diante, decidiu que não teria mais medo de homem nenhum.

Quando veio a noite e com ela a lua cheia, Buck correu pela floresta. Ouvia uivos ao longe e queria saber quem os emitia. Quando encontrou a **ALCATEIA**, houve uma briga violenta de seu alfa com Buck. A vivência, a força e a coragem de Buck resolveram logo o duelo. Outros três lobos tentaram matar Buck, mas foram derrotados. Então um deles, de cor cinzenta, mais jovem e mais magro que os demais, aproximou-se e lambeu o rosto de Buck. Era o irmão selvagem que correra com ele dias antes. Buck acabava de ser aceito na alcateia. Então um velho lobo abriu sua boca e libertou um uivo ancestral. Os lobos voltaram a correr sob a lua, acompanhados por Buck.

Os Yeehats até hoje contam lendas sobre o Cão Fantasma a quem chamam de Espírito do Mal, pois nos invernos rigorosos rouba suas caças nas armadilhas indígenas e desafia seus domínios. Dizem que é um grande cão de pelo castanho que corre à frente da alcateia nas noites de lua cheia.

- **CRIVADO:** todo furado, cravejado
- **GAMO:** quadrúpede ruminante de origem asiática
- **ALCATEIA:** grupo de lobos

ROTEIRO DE LEITURA

1) Onde e quando se passa a história?

2) Você gostou da história? Por quê?

3) Qual foi o momento mais triste da narrativa? E o mais feliz?

4) Você tem animal de estimação? Qual? Qual o nome dele?

5) Quem alimenta seu bicho de estimação? Quantas vezes por dia ele come?

6) Onde Buck dormia? E o seu animal de estimação, tem um espaço próprio para dormir?

7) Buck apanhou muito do homem de suéter vermelho. Você acha certo bater em animais?

8) Você já bateu em seu animal de estimação? Por quê?

9) Você acha que quando um bicho é castigado ele sabe por que está apanhando?

10) Você acha que o medo pode educar um animal?

11) Você já apanhou por ter feito algo "errado" ou proibido? Conte como foi.

12) Você acha que a criança que apanha aprende a se comportar bem?

13) Você sabia que animais de estimação são muito curiosos e adoram aprender truques? Você já tentou ensinar algo ao seu bichinho? Lembre que uma das melhores táticas para adestrar o seu amigo animal é dar a ele recompensas quando ele faz o que você quer. Uma recompensa pode ser um carinho, palavras de incentivo ou biscoitos! Jamais bata no seu bicho de estimação, pois ele não vai entender por que está apanhando.

14) Como era a forma física de Buck na Califórnia e como ela ficou quando Buck foi viver no norte?

15) Você já viu algum cachorro OBESO? O que o dono deve fazer para evitar esse problema?

16) Em sua opinião quais foram os piores donos que Buck teve e por quê?

17) E os melhores?

18) Você acha que Buck foi mais feliz na civilização ou na natureza selvagem?

19) Como Buck demonstrava seu amor a John Thornton? E o seu amigo animal, como faz?

20) Faça um mapa da viagem de Buck de sua primeira casa até a cidade de Skaguay e entregue para seu professor de Geografia.

O CHAMADO DA SELVA

Jack London

BIOGRAFIA DO AUTOR

John Griffith, mais conhecido como Jack London, nasceu no dia 12 de janeiro de 1876 em São Francisco, na California, filho de Flora Wellman. Seu pai era, provavelmente, Willian Chaney, companheiro de Flora à época. Contudo, eles não eram oficialmeten casados e Chaney exigiu que ela fizesse um aborto. Como a recusa da mulher, Chaney a abandonou negando-se a reconhecer John Griffith como filho. Flora logo se casou com John London, um veterano de Guerra Civil, de quem Jack London adotou sobrenome. Quando Jack tinha treze anos, John London morreu e o menino precisou ir trabalhar em uma fábrica de conservas. Acordava às cinco e meia da manhã e ia dormir à meia-noite para ajudar no sustento da família.

Mesmo com tanto trabalho, Jack era apaixonado por livros. Lia qualquer coisa que lhe caísse nas mãos. Entre uma leitura e outra, Jack deixou a fábrica de conservas e virou ladrão de ostras no porto de Oakland. Depois se cansou da pirataria e inverteu os papéis, indo trabalhar como policial. Ele era responsável por prender ladrões de ostras, chineses que contrabandeavam camarões e gregos, que roubavam salmão naquela área.

Finalmente, resolveu virar marinheiro, influenciado pela grande obra de Herman Melville, Moby Dick, que ele adorava. Passou três meses no veleiro Sophie Sutherland em uma viagem à caça de focas. Nessa viagem, conheceu a Coreia, o Japão e a Sibéria. Depois voltou para São Francisco e conseguiu trabalho numa fábrica de juta. Nessa época, sua mãe insistiu para que ele se inscrevesse em um concurso literário, para o qual enviou um relato de suas aventuras a bordo do veleiro caçador de focas. Jack venceu o concurso e ganhou 25 dólares pelo primeiro lugar.

Ele tentou publicar alguns contos, mas nenhum foi aceito. Largou a fábrica de juta e voltou à vida de ladrão e desocupado. Acabou preso nas Cachoeiras de Niagara, no Canadá, de onde retornou aos Estados Unidos. Estava com dezenove anos, sem dinheiro, sem emprego, e ainda por cima tornara-se alcoólatra. Entrou para a Universidade da Califórnia, onde permaneceu apenas um semestre porque não tinha condições de pagar. Foi então que Jack London retornou ao Canadá, dessa vez para Klondike, impulsionado pela corrida do ouro. Esta viagem serviu de inspiração para o livro O chamado da selva.

Não conseguiu ouro e ficou doente na viagem. Voltou para São Francisco e finalmente virou escritor profissional, escrevendo para a revista Overland Monthly. Estava casado com Bessie Maddern, com quem tinha duas filhas. Trabalhou duro como escritor para manter a casa e a família, publicando diversos contos. Viajou ainda para a Coreia como repórter para cobrir a guerra entre a Rússia e o Japão.

Seu primeiro romance, O filho do lobo, foi publicado na virada do século. Outros livros vieram em seguida: O chamado da selva, Martin Eden, O lobo do mar, Antes de Adão, Caninos Brancos, O tacão de ferro, A filha da neve e Gente do abismo.

Jack London abandonou a mulher para ficar com a editora Charmian Kittredge, por quem se apaixonou e com quem viveu durante onze anos, até sua morte, em 22 de novembro de 1916. Ele é considerado um dos maiores escritores norte-americanos. Influenciado por grandes pensadores, como Darwin, Marx, Milton e Nietzsche, sua obra é vasta e de qualidade. Seus livros contam com muita ação e também com descrições precisas, suas experiências de vida e suas viagens.